내 발등에 쏟아지는 숲

시작시인선 0429 내 발등에 쏟아지는 숲

1판 1쇄 펴낸날 2022년 7월 12일
지은이 정연희
펴낸이 이재무
기획위원 김춘식, 유성호, 이형권, 임지연, 홍용희
책임편집 박찬세
편집디자인 민성돈
펴낸곳 (주)천년의시작
등록번호 제301-2012-033호
등록일자 2006년 1월 10일
주소 (03132) 서울시 종로구 삼일대로32길 36 운현신화타워 502호
전화 02-723-8668
팩스 02-723-8630
블로그 blog.naver.com/poemsijak
이메일 poemsijak@hanmail.net

ⓒ 정연희, 2022, printed in Seoul, Korea

ISBN 978-89-6021-641-9 04810
      978-89-6021-069-1 04810(세트)

값 10,000원

내 발등에 쏟아지는 숲

정연희

천년의시작

시인의 말

나무의 회청색 얼룩들
굽이치는 시간을 견뎌 온 그의 길을 들여다본다
어른거리는 형상이었다가 끝내 바람 소리로 스러진다
잠시 내려앉았다 날아가는 새들처럼

내게 내밀던 손들 놓쳤지만

그들의 내면을 응시하며 마음 깊이 무늬를 엮어 가는 일
수면 아래로 가라앉는 생명을 끌어 올리는 기포처럼
이름을 부르는데

그들은 어느덧 발소리를 거두어 너머로 건너가고 있다

사람, 예버덩의 달빛, 강물, 담양의 바람길 고맙고 감사하다.

정연희

차 례

시인의 말

제1부 내 발등에 쏟아지는 숲

탄생

상현달이 섬강에 얼굴을 씻는군요
씨앗을 품은 미완의 넝이
두 손으로 받아도 미어질 것 같군요
새 생명이 이 별에서 완성되는 내밀한 시간
월견초 따스한 기운이 밤의 한가운데로 모여들어
강변 풀섶이 온통 노란 붓 칠 소용돌이군요
당신은 허리 굽혀 미지의 세계를 기다리고 있군요
풀벌레들의 장엄 돌림노래 가까워졌다 멀어지는데
수도원 담장 너머 들리는 저녁 찬송과 어우러진 칸타타
밤 깊도록 이어지는군요
내 허물을 대신 깁는 기도일까요
맑은 종소리처럼 헝클어진 내 정수리를 오래도록 씻어 내
는군요
당신이 달의 몸으로 내게 건너와
서로에게 물들어 천천히 번진 첫 마음처럼
조금씩 부풀어 오른 구월의 달이 곧 강물에 몸을 풀겠군요

내 발등에 쏟아지는 숲

자작나무 숲에
숨겨 놓은 하늘 우물이 있다
천년을 햇살로 빚은 샘이 거기 있다
누가 중세의 무거운 우물 뚜껑을 열었을까

유라시아의 여름 바다를 건너온 새
우물 언저리에서 맴돌고
오후 3시에
어린 순록이 다가와 등을 내밀 것 같은 그곳
우물을 내내 올려 보다 비밀의 숲으로 건너갔을까
푸른빛이 금빛으로 다시 색색으로 숲의 눈동자가 얼비
치다 사라졌다

지하도 환한 등불 아래 손을 내밀던 아이
아무런 표정 없는 눈
목마른 그를 어디서 본 듯한데
우물 뚜껑처럼 눈꺼풀이 순간 닫혔다
생은 곧은 길만 있는 게 아니어서
미로를 헤매는 시간이 있다
닫힌 우물

돌아서는 가슴 얼마나 적막했을까

내 발등으로 하얗게 쏟아지는
거기,
반짝거리는 나뭇잎으로 두레박을 엮는 이가 있다

꽃 피는 아몬드나무*

푸른 화폭 가득한 아몬드나무

지금도 피고 지고 피고 지고

타오르는 불꽃은 무엇이었을까

생은 멋대로 뻗은 나무처럼 달아나 저만치 서 있었지

끝없이 뻗어 가는 분홍 하양 꽃잎들 낭떠러지에서 머뭇
거리다

슬쩍 배 뒤집어 너울너울 나비 몸으로 돌아왔다

고목古木에 내려앉은 나비들

두 손 모은 정결한 손처럼

여린 날개 접어 옹이마다 입맞춤한다

흠집 없는 하늘의 허공으로 내달리는 꽃가지

* 〈꽃 피는 아몬드나무〉: 빈센트 반 고흐 그림.

자두꽃 당신

지금도 여기 서 있네요 당신

등성이 오르다 당신 발등 밟았어요 드러난 마른 정강이 굳은살 박인 복사뼈 삼백예순날 치성드리던 거친 손 오늘은 꽃다발 가득 안고 있네요 자두나무 희고 푸른 꽃들이 흩어진 잔별 같아 가슴 왼편이 옥죄어 오네요

나 밤이슬 맞고 거리의 부랑아로 기웃댈 때 옷자락 끌던 손 밀치고 골목으로 달아났었죠 그날 등허리에 찬비가 내렸어요 날 위해 해와 달의 시간 따라 두 손 모았을 당신

당신 얼굴이 보이지 않아요 찬바람 견디며 무던히 마음 졸였나요? 마을 언덕 장승처럼 두 눈 짓무르도록 먼 허공 바라보며 기다렸나요? 얼굴도 지워지고 입가 웃음도 시들었네요

이제 돌아와 당신께 후회의 수천수만 사랑송이 바쳐요 자두꽃 어머니

공감 능력

봄의 강가에서
J는 바짓단을 올려 상처를 보여 주었다
나무 꼬챙이가 지나간 손톱만 한 붉은 별 하나
생은 부적 같은 표식 하나씩 품고 살아가는 걸까
내게도 깊이 숨겨진 칼금이 있다
얕은 강바닥을 기어간 말조개 발자취거나
마른 모래펄에 희미한 물줄기 흔적 같은
징표를 그에게 건네주었다

후미진 동굴에서 서로 상흔의 치부를 터놓았던 유년의
먼 기억
끈끈이주걱처럼 어깨와 어깨 겨루며 생사의 사냥터로 떠
난 부족의 연원을 기억하는 걸까
오랫동안 비밀을 만지작거리다
첫 밤의 의식을 치르듯 어렵게 뗀 입

나무가 반짝이는 시간에 베인 상처를 다른 나무에게 풀
어놓고
서로 업혀 가며 상처 구멍 메워 주듯
안식처 찾아

계절을 거슬러 가는 새가 새에게 오목가슴 흉터 포개 주듯
깊은 주름에 손을 얹고
나는 또 다른 나를 뜨겁게 껴안는다

피난 열차[*]

코발트블루 하늘과 불타는 산과 들
경계를 딜컹거리며 달려가는 나팔꽃 열차

비좁은 사각의 화분에 심긴 꽃들의 무표정한 얼굴 흐릿하다
전지된 잎과 덩굴손
발 디딜 틈 없이 겹쳐진 몸과 몸 사이 흔들리는 두상화
가득가득 피어 있는 형 누나 아저씨 할머니
몇몇은 열차의 속도를 뛰어넘어 피난지에 이미 닿은 걸까
외줄 타는 광대처럼 골똘한 표정이다
생은 뭉툭한 덩굴손 슬쩍 뻗어 악수를 청하거나 고개 돌리
기를 반복하는 서커스

휴전이 되었다

피난 열차는 지금도 내 푸른 화폭을 달려간다
덩굴손 머뭇머뭇 어느 간이역에 내릴지 궁리 중이다

* 김환기, 〈피난 열차〉, 1951, 캔버스에 유채.

때죽나무가 물수제비 무늬를 그리고

순백의 새벽
때죽나무 오래된 무늬에서 수천의 은종 소리 피어나고
흰 무더기 꽃들 터널을 이루었다
한때 당신과 걷던 이야기
오월의 능선 따라 나른한 종소리로 풀어지는데
먼 곳의 당신 그 소리 듣고 있겠지요

나뭇가지 끌고 냇가로 달려가
무성한 이파리 쓰다듬어 물속에 떨어뜨리면
둥글게 둥글게 퍼지는 달달한 맛
유혹은 늘 치명적이어서
취한 물고기들 하얀 꽃으로 떠올랐다

꽃들이 일그러진 물그림자 속으로 사라지자
당신에게 가는 길
내 발아래 흩어져 길은 지워지고
종소리 더 이상 들리지 않았다

초록 만다라

신갈나무 그늘 안쪽에 잎들의 신전인 동굴이 있습니다

나란히 나란히 기댄 집들

산모는 어쩌자고 아득한 벼랑 끝에 산실을 차렸을까요

정갈한 빛 가닥가닥 모아 동굴 안에 걸어 두었습니다

복과 수명을 비는 주문을 외우고

제사장이 축문을 허공에 사르고 제물을 바칩니다

둔황의 천불동

옛사람이 욕심 한 뼘 슬픔 한 조각씩 찍어 내어 점이 되고 선이 되었습니다

그 선의 둥근 세계, 부처의 미소를 얻었듯이

거위벌레가 두려움을 오려 내어 온전한 집을 올렸습니다

>

간절한 마음이 만난 만다라

내 안의 뾰족한 생각의 모서리들 무엇으로 궁굴릴 수 있
을까요

늦은 봄

흙구녕이에 구르는 두더지 같은 내 삶이 가 닿을 수 없
는 저곳에

귀를 슬쩍 얹어 보는 신갈나무 초록 동굴입니다

삼월 삼 일

정혜사 가는 길

넝쿨 칡처럼 꿈틀거리는 길 아득하다

상수리나무 갈참나무 숲 가운데서

가던 길 멈추고 두 귀 세운 고라니

성난 황하 강물처럼 밀려오는 낙엽 더미 안에서

중얼거리는 작은 소리 들었다

사미승沙彌僧 볼에 스치는 안개 소리 같고

긴 잠 깨어난 무당벌레 오금 펴는 소리 같다

눈보라 견뎌 낸 산누에나방 문 두드리는 소리일까

나는 깊은 강에서 중심을 잃고 허둥거리다 범종 소리에

꿈에서 눈을 뜬 듯 다시 길을 나섰다

청록 하늘에 박힌 못

구월의 강가에서
별들이 길을 밝혀 줄 것 같아
한 다발 야생 쑥 향을 피운다
누군가 길 떠나는지 꼬리별 긴 금 그으며 가고
무덤 하나 볼록해진다

내 것이 아닌 것을 가지겠다고 밤을 밝히다
내 안이 캄캄해져 소용돌이에 떠밀려
제자리로 나는 돌아오지 못했다
뜬눈으로도 닿을 수 없는 별
청록 하늘에 박힌 못처럼 아프게 반짝였다
한 움큼의 슬픔만 간직하라는 걸까

먼 길 돌아
이제야 별들의 발치에 눕는다
너에게 갈 수 있을 것 같아
자신을 태워 향을 올리는 모닥불처럼
나를 사르고 너를 사르지만
잠깐 빛나다 스러진다

멀미 일다

지심도

천지가 동백꽃 물결이다

땅바닥으로 뛰어내리는 수천의 동박새들

파닥거리는 힘찬 날갯짓을 본다

새들을 헤치고 발끝으로 절벽 끝까지 나를 밀고 간다

거기 원시의 색이 있다

배를 매는 섬 사내

나는 오래도록 훔쳐보는데

그을린 피부 널따란 등에서 너를 본다

붉은 꽃

>

뚝뚝 부러지는 소리 내 몸에서 들었다

발길에 차이는 새들의 길고 가느다란 울음이

내 마음에 하늬바람 불고

멀미 일다

데칼코마니

숲의 안쪽 산목련 그루터기 침대

침대에 비스듬히 누운 고양이 마하*
긴 꼬리 높이 세우자
수없는 바람의 혀들이 가볍게 쓰다듬는다

순백의 옷을 걸친 요정
허리 감긴 나무들이 춤을 춘다
미끄러지듯 빙글 돌아 다리 뻗고 바닥에 누워
배꼽을 드러낸 채 유혹 중이다

떨어지는 햇살 너머 길게 늘인
마하와 내 그림자
둥그런 윤곽선이 닮았다

녹색 캔버스를 걸어 놓고
바람의 붓으로 몽타주를 그린다
얼굴의 윤곽을 다듬고 몸의 곡선을 따라가는 붓의 터치
벌거벗은 마하의 원시림 그 끝에
내가 누워 있었다

서둘러 숲을 빠져나오다가 부끄러운 옷을 그루터기에 흘

리고 왔다

* 마하: 고야의 그림 〈벌거벗은 마하〉.

문

　붉은 담을 지나 수도원 나무 대문 앞에 섰다 첫 눈 뜰 때
나를 바라보던 기억 저편의 깊은 눈동자일까 백 년 동안
그 자리 지킨 Crux de cruce* 문장이 눈꺼풀 들어 나를 맞
아 주었다

　수도원 뒤뜰에 백합나무가 그늘을 펴 놓고 마음을 추스
르는 중일까 녹슨 문고리를 닦으며 기울어진 담을 세운다
그물망처럼 이어진 창으로 새들이 돌아오고 바람이 드나드
는 나무의 방식

　당신과 내가 첫 숨을 얻었으며 시작과 끝인 문 가늠할 수
없는 시간들이 어긋나고 모습을 바꾸는 구름처럼 자주 금
이 갔다 당신과 나 삐걱거리는 것이 문만의 문제였을까 한
번 닫히면 미련도 거두어야 할까 짧은 포옹으로 긴 여정이
끝났다 스스로 문을 닫고 알 수 없는 세계로 돌아온 나는 아
무 일도 일어나지 않은 것처럼 문과 문 사이에서 이마를 짚
고 태연한 척 잠을 청했다

　보이지 않는 손 안에서 둥근 문이 닫혔다 열렸다 끝없이
반복되고 당신과 나 다시 이을 수 있을까

\>

우린 휴지기에 들었다

* Crux de cruce: 라틴어. 십자로의 십자가.

꽃들은 어디서 왔을까

내 눈과 귀에 향기와 색을 풀어놓은 꽃들은 어디서 왔을까

마을 언덕 오래된 거리 웅크린 꽃들과 시든 풀 더미에 눈
이 내리고
테페약Tepeyac* 언덕 대성당 종소리 울렸다

여인이 태양의 황금 지팡이 높이 들어 지난 시간을 소환
했다
작은 발 아래 뱀을 누르고 동쪽 끝을 가리키자 어둠은 강
저편으로 물러났다

흙 속에 숨겨진 보석 상자 열리고
오색 물감 출렁출렁 분홍 파랑 보라…… 물드는 산과 들녘

과달루페 성처녀**의 푸른 망토 펼쳐 짓무른 대지의 상
처 감싸자
수백 수천 장미 송이 피어났다

언덕을 넘고 강을 일깨워 마을 거리거리에

가슴마다 심은 둥근 꽃이 너와 나를 이어 주는 징검다리
되었다

* 테페약Tepeyac: 과달루페 성모 발현 언덕.
** 과달루페 성처녀: 1531년 12월 12일 동정녀 발현.

모딜리아니 캔버스

자월도 바닷가에서
반짝이는 돌을 알처럼 품은 바위를 보았다
적요한 둥지에 붉은 꽃잎이 쌓이고
어미 새 방금 떠났을까
남겨진 알이 따스하다

작은 새처럼 둥지를 들락거리던 뭍의 여자
헤픈 웃음 흘려서 조바심이 났는데
출항을 알리는 뱃고동 소리에
마음이 파도처럼 무너지는 섬 사내

아기의 옹알이를 지우고 떠난
목이 긴 여자
그녀가 두고 간 해안가 그늘 빈 둥지 속으로
첫 기억처럼 어린 꽃송이 진다

모딜리아니의 캔버스에 핏빛 노을이 쏟아지고 있다

제2부 그림자 속에 사는 새

찰나

네가 먼 산봉우리에서 말끔하게 씻은 얼굴로 웃고 있다

예봉마을을 덮은 안개

골에서 산봉우리까지 밀어 올리는 생명체

활짝 피어나는 꽃송이들

동편 하늘 문이 천천히 벌어져 꽃잎처럼 열리자

시계 방향으로 흘러가는 운무의 느린 걸음걸음

숨 몰아쉬는 너처럼 능선을 넘지 못했다

희미해지는 너

시든 영혼이 손바닥만 해지더니 순간 휘발되었다

그날 놓친 두 눈

그림자로 산봉우리에 인화지 잔상처럼 찍혀 있다

그림자 속에 사는 휘파람새

시간 여행자는 돌아올 수 없다

작은 별 칡꽃으로 지던 날
너는 말문을 닫고
성 크리스토퍼 손을 잡고 곧은길 따라 떠났다
자정을 알리는 종소리 길을 재촉하고
그날의 시곗바늘 되돌릴 수 없다

입술 부르트도록 밤을 새워 우는 새
누구의 흐느낌일까
네가 불던 피리 소리 같아 귀 먹먹하다
시든 개망초 꽃술을 떠나지 못하고 맴도는 새
제 그림자에도 숨죽여 우는 걸까
안녕!
너도 천 갈래 서편 길 갈 거니?

어쩌다 바람이 등을 밀어도 무슨 신호일까
흰나비가 스쳐도
너인가
나무 가슴에 남겨진 동그란 흉터

너의 수술 자국처럼 선명하다

눈이 아프도록 그 자리 오래 쓸어 보지만

그 상처 이제 껴안을 수 없고

양팔 가득 빈 바람만 가득하다

네 이름은 안개

새벽 3시 희미한 종소리 들린다 사찰의 은하수에 얼굴 씻고 등뼈 한 마디씩 곧추세운다 숨죽인 고양이 발걸음 솜털보다 보드라운 뭉치들 누군가 밤새 옷감을 짰을까 열두 광주리 옷감을 펼쳐 대지로 끌고 간다

가닥가닥 땋은 머릿결 비단뱀이 미끄러진 다리 안쪽 선뜩하다 별들 빛을 잃고 관능의 고양이 긴 꼬리 나무둥치 감는다 안개가 자작나무 껍데기에 부딪치는 소리 수화를 나누는 손가락의 소리 손가락 사이사이 흘러내리는 유령 나무를 감추고 새처럼 몸을 숨긴 너

잡풀 우거진 옛집을 삼키고 마당을 지키는 백 년 향나무 지운다 가물거리는 기억의 꿈들 모호하다 슬픈 묘비명을 감추고 너를 잠재운다 모든 물체 하얗게 지우고 천천히 다리 건너간다 세상의 사물은 공空이었으므로

위령제

서해 바닷가
긴 줄에 높이 매달린 옷가지들 아랫도리 윗도리 조끼
누군가 벗어 두고 간 육신일까
색깔도 크기도 다른 울음소리 들렸다
유월의 거친 풍랑
곤두박질치는 그날의 난파선 보이는 것 같다

사리 물때 돌아오면
먼바다에 그물을 던지던 아버지 남편 아들들
몸이 고래보다 더 힘차게 뛰어오르곤 했다
돌아오는 뱃길
한 옥타브 높은 콧노래 불렀다
두둥둥 두둥둥 만선을 알리는 풍어제 북을 올렸다

가 닿을 수 없는 그 시간들 조개무지 되었을까
미처 전하지 못한 말
장대에 높이 매달려 깃발처럼 흐느낀다
이제 그들이 전하는 소식은 먼 파도에 묻히고
나는 가던 길 멈추고 고개 숙여
오래도록 영혼의 안녕을 주문처럼 외운다

마음 서랍

주인 잃은 셀 수 없는 구두들
뒤축이 무너져 내린다

네가 건너간 5월의 부신 햇살이 이마를 덮고
초록 바람이 뺨을 만진다
떠나온 그곳으로 돌아갔다는
바람이 속삭이는 말에
초록 전당殿堂의 팥배나무 아래 섰다
수북하게 쌓인 꽃잎들
새들이 벗어 놓고 간 하얀 구두일까

눈을 감으면 매스게임 하는 새들의 발목들 어지럽다
풀벌레가 발을 넣고 머뭇거리고
바람이 만지작거리다 어딘가로 떠났다
저 구두를 신으면 네가 간 곳으로 데려다줄까
해가 기울 때
그들이 다시 돌아올 것 같아 가지런히 놓는다

외딴 동굴에 홀로 남겨지는 게 두려워
영화를 보고 밥을 먹고 쇼핑을 한다

혼자 걸어가라는 바람의 말

명치를 찌르는 초록을 뒤섞으면 숲의 고요가 되겠다

분홍 하양 네 구두들 가슴에 안고 아득해진다

아직도 갈 곳이 많은 너의 구두

네가 맨발로 밤의 한가운데를 건너와 날개 얻은 새처럼
날아갈 것 같아

마음 서랍에 넣어 두고 닫아 둔다

나는 열세 번째 달을 않는다

둥지

두 그루 과수나무 기둥에 공중누각을 올렸습니다
사과등 아래 빛나는 은줄이 금기禁忌 같았습니다
나는 허리 굽혀
마른 잎과 곤충의 날개들이 흩어진 헛간으로 들었습니다
어미의 홀쭉한 배와 미라 같은 뼈마디
그 곁에 작은 점들은 새끼일까요
풀 줄기로 등을 건드리자 천천히 일어섰습니다
거미는 사과 잎사귀에 몸을 숨기는 새끼들에게
마지막이 될지도 모를 바람 타기 위장술을 대물림하고 있
었습니다

나는 객지를 떠도느라 어미의 전술을 내려 받지 못했습니다
하여 자식에게 일러 줄 반듯한 언어 알지 못합니다
무성하던 과수밭이 모래 둔덕이 되는 동안
내 어미는 고립되는 줄 모르고 무인 섬이 되었습니다

그 섬에 닻을 내리지 못한 나를
키보다 웃자란 잡초들이 종아리를 후려쳤습니다
축대는 무너지고 기름 먹인 대청마루는
나그네새 둥지 되어 배설물로 얼룩덜룩했습니다

>
댓돌 위에 올라서자

어미가 방문 활짝 밀며 오월의 사과꽃처럼 웃었습니다

너무 늦게 도착한 막내를 안아 주며 어깨 다독여 주었습니다

고인 눈물 속으로 긴 산 그림자 내려와 틀어진 방문을 닫
아 주었습니다

오월의 전언

천변에 분홍 엽서들 흩어졌다

벗나무 수많은 주머니에는
전하고 싶은 말들이 일렁거렸다
구름과 달이 받아쓴
미처 전하지 못한 안부와 끊어진 소식

오월의 배달부가 흘렸을까
무거운 이야기가 많아 잠시 잊었을까
자음 모음 글자들 무심한 발자국에 지워져
모호한 말들이 수취인 불명으로 쓸려 다니거나
개천의 물거품으로 떠돈다

안개 너머
또 한차례 건너오는 후드득 소리
네가 보낸 소식인가 두 손 모아 받으려는데
단발머리 계집애가 모둠발로 뛰어오른다
잡으려다 스친 손 바람이었다

돌아온 꽃들의 전언에 귀 밝히는데

아이를 놓친 손

엽서는 그만 내 품을 떠났나

선계仙界마을*

네가 느릿느릿 건너간 다리

자작나무가 머리 늘어뜨리고 칠월의 눈먼 강물 속으로 안개 밀어 넣는다

누가 하늘 높이 구름 옷감 내걸었을까

강둑에서 산마루 그늘까지 팽팽하게 부풀어 오른다

얇은 주름 커튼 매어 경계를 지었다

빛을 잃은 별자리 더러는 지상의 주름이 되었다

너는 별의 눈과 귀 목소리 놓치고

강물에 뒤섞인다 하양 초록 검은 회한들

멀고 먼 길 백 년을 걸어온 나그네처럼 끊긴 다리 위에서 나는

>
우두커니

칠월 칠석의 너는 홍예다리 건너갔는지

네가 당도한 길

구름새의 흰 이마 빌려 그 너머에 닿을 수 있을까

나도 선계仙界에 들 수 있을까

* 선계仙界마을: 강원도 횡성군 강림면 소재 마을.

금몽禁夢

어떤 꿈을 금지하는 걸까

칠 벗겨진 현판과 삐꺽대는 누마루
절집 연못에 연꽃 붉다
팔월의 달아오른 햇볕이 꽃 속으로 쏟아져
꽃방마다 불을 지폈다

꽃을 사랑하던 아버지
안마당에 꽃들이 병풍 자수처럼 고왔다
한여름에도 옷을 껴입은 아버지는
겹겹이 치마 두른 이국의 홍련과 같은 부족일까

아버지가 오랜 출타에서 돌아오셨는지
댓돌 위에 흰 고무신 가지런하다
처마 끝 햇살이 신발 위로 비스듬히 떨어졌다

아버지는 꿈을 내려놓지 못하고
가을볕 스러지듯 길을 재촉하셨다
그 후로 우리에게 누마루는 금기의 장소가 되었다

>
무릎에 앉히고 두상화를 가꾸듯 꿈을 쓰다듬으며
아가야
꽃처럼 자기만의 날개를 간직하거나
고니처럼 제 색깔을 가져야 하는구나
무거운 진흙 더미 생애를 꽃피우려던 아버지
나는 오랫동안 그 꿈에 미치지 못했다

금몽암에 아라홍련이 등불을 하나씩 켜고 있다

타임아웃

서쪽에 낮달이 매여 있다

누가 여행을 떠나려는지

선을 넘을 듯 넘을 듯

달려오는 강물의 투명한 그림자 안쪽

강의 푸른 거울 속으로 토끼가 걸어 들어간다

강물은 나를 넘어 저를 끝까지 밀어 올리는데

1밀리 앞으로 2밀리 뒤로 소沼의 소용돌이 물살처럼 제
자리 맴돈다

당신을 데려갈 배 이미 닻을 올렸는데 노 저어 온 어제의
일이 가물거린다

푸른 달의 삼 일은 나의 사십구 일

빠르게 쓸려 가는 시간 안에서 길을 잃고 기억을 불러낸다

>

투명한 거울의 빗장 문을 열어야 갈 수 있다

강물의 발치에 누운 조약돌처럼

시간의 너울에 이마를 씻고 발꿈치를 씻고

당신은 물결무늬 비밀 부호를 얻었다

나와 당신은 시간을 거슬러 오르려고만 했고

강물은 아래로 아래로 밀어내기만 했다

물너울이 그림자 안쪽 당신 발치까지 조각배를 밀어 올린다

구름의 그늘을 건너가는 꽃상여

탯줄 묻은 언덕으로 돌아가는데

나는 아직 저편에 가 닿지 못했다

푸른귀벌새

누가 잘 벼린 낫을 휘둘렀을까
감국이 수풀에 쓰러져 있다
뭇별들이 날마다 얼굴을 씻겨 주는지
노란 나비 색色을 입혀 주었다
꽃술이 소름처럼 촘촘히 돋아났다 나는
시든 꽃을 유리병에 가만히 놓아주었다
의식이 없는 너처럼
부르튼 입술이 뒤집혔다
유리병에 달라붙은 기포들 숨을 쉬고 있는 것
중환자실 유리방에서 산소호흡기 달고 있는 너
접힌 날개 어둠의 터널 건너가고 있다
꼭 감은 속눈썹 떨렸던가
가녀린 손은 구름 솜처럼 따스했던가
한 계단씩 발 디딜 때마다 심박수 떨어지고 있다
안데스 푸른귀벌새는
밤마다 저체온의 혼수상태로 잠들었다
눈썹 사이 샛별이 내걸리면
대궁에 매달린 고열의 시간 날개 젓는데
옷 한 꺼풀씩 벗어 두고 날아올랐다

\>

생은 옷 한 겹 한 겹 덜어 내는 순롓길일까

지친 네가 벌새처럼

시든 날개 펼쳐 나에게 건너오고 있다

다이버

숲은 나그네 배가 머무르는 포구죠

비바람 치는 날엔 파도처럼 나뭇가지 왼쪽으로 눕고 정박한 나룻배들 큰 소리로 바닷새처럼 울어요

구명조끼도 없이 뛰어내리는 다이버들 누군가는 바람의 시간 속으로 휩쓸려 나락으로 내던져지기도 하죠

시간의 길이는 다 같지 않고 누구에겐 짧아서 푸른 나이인데 세상을 버릴까요 시간의 속도가 느리거나 빠르게 간다지만 그 자리에 멈춰서 숲의 중심 안에 갇혀 있죠 나는 지금도 그 자리에서 시간의 수레바퀴를 돌리고 있죠

채송화 씨앗 같은 점을 지나 문이 열리면 앉을 듯 앉을 듯 발자국에 묻어나는 나비들 멈추어 선 지점으로 돌아가 엇갈린 영혼이 기웃대는 순간이 되죠 이것은 모두 숲의 시간 속에 갇혀 있게 되죠

여름 숲은 나무들의 부두죠

이슬

누가 들길에 오색 구슬을 흘리고 갔을까
손에 넣으려 했으나 마술처럼 사라졌어
빛이 부서지면 꽃의 그림자로 스미는지
마른 잎 헤쳐 보아도 찾지 못했어

레미콘이 수곡마을 언덕을 오르며
어제의 기억과 오늘의 시간을 버무리고 있어
일곱 살 오빠가 구슬치기 하고 있어
한번 만져 보려 했지만 끝내 허락하지 않았지
그는 구슬을 놓치고
칼리프 먼 마법의 땅으로 떠났어

구름이 낮은 골짜기로 흘러드는 시간
낯선 산짐승 울음과 까마귀의 긴 탄식이 섞이고
나는 빛과 어둠의 기억을 굴리며 뒤척이고 있어
푸른 시간이 이슬처럼 사라져도
그루터기에 남은 얼룩무늬에 또 다른 빛이 숨어 있어

태양이 월계관을 높이 들어 올릴 때

오동나무 그늘,
백지에 정갈하게 접은 네 이름 묻고 오는 길
싸락눈 같은 낙엽 소리 내 귀에 웅덩이 파고
적막한 메아리 되어 내 목덜미를 감는다
네 발소리인가 소스라쳐 돌아보면 그림자조차 없다
어깨를 감싸 안는 어린 손길
아무도 없다

물끄러미 나를 배웅하는 나무
가지는 바람 쪽으로 기울어 휘청거렸다
나무는 잎들을 품어 보지만
나뭇잎들 느닷없이 제 갈 길 떠났다

아기가 태어날 때 수호 나무도 자란다는데
그 둘이 하나가 되는 긴 여정이 삶일까
네가 말을 잃고 귀를 닫을 때
나무의 정령이 캄캄한 시간을 건너와 껴안고 건너면
섣달그믐도 서럽지 않겠다

너와 걷던 길

꽃의 눈 열리고 돋아난 입들 와글와글 발랄했는데
눈이 내리고 길을 찾을 수 없다
세상의 것들
어느 하나 사라지지도 더해지지도 않는다는 옛말처럼
길을 버린 것이 아니라 잠시 숨바꼭질하는 것
내일을 놓친 것이 아니라 너머에 머물러 있는 것
태양이 월계관을 높이 들어 올릴 때
나무도 보라 꽃 관을 쓸 것이다

나는 흩어진 길 위에서 막막해지는데
등 뒤에 희미하게 한 줄 길이 일어섰다

달빛 소나타

달빛이 자작나무 숲을 은실로 둥글게 엮으면

숲의 아이들이 매끈한 종아리 드러낸 채 술래잡기한다

나무박물관 무덤에서 들었던 울음소리와

자작나무 층계 밑에서 들었던 수상한 인기척

검은 그림자 뒤따라간다

달아나는 외마디 소리와 나무 발자국 부서지는 소리

잠시 한 호흡 멈추었다

달려가던 아이들이 잠자리로 돌아갔는지 고요하다

그날

만월이 돌아오고

>

가라앉은 숲이 다시 일어서고 알 수 없는 별자리 소용돌이 일었다

자작나무 숲은 새하얀 성채星彩가 되었다

네 웃음이 잎사귀처럼 흔들리다 메아리 되어

별들을 깨웠을까

숲의 저편에서 두런거리는 소리 들리고

성운 너머

네 목소리 안개꽃 다발처럼 희미해졌다

사방에서 엎질러진 달빛이 쏟아지는데

너는 어디에도 없고

내 발길 닿는 여기에도 저기에도 네가 있다

단풍나무 아지트

숲의 빈터에 양탄자 펼쳐 놓고
무릎 맞대고 둘러앉아 있는 단풍나무들
빛바랜 몸 동지 볕에 골고루 펼쳐 놓는다

모자 깊이 눌러쓴 늙은 나무
숨 한번 크게 몰아쉬고 굽은 허리 폈다
나무둥치에 앉아 먼 산을 바라보는데
단풍잎이 빈 곳으로 주르륵 쏟아졌다
눈길이 오래도록 머물렀다

이편과 저편을 갈라놓은 검은 그물망 경계에 그림자 떨
어지자
　그녀들이 하나둘 자리를 떴다
　그 자리 떠나지 못하는 그림자 하나

　단풍나무 무덤에 어린 자식을 묻는 오후
　깊은 시름 산불처럼 번져서 가슴에 불을 놓는다

제3부 게내천을 건너는 2312번 버스

시그넷 링 인장

오래전 러시아 연인들이 정혼할 때
자작나무 수피 연서를 나누는 의식이 있었다는데
나무 향이 사라지듯 사랑의 감정도 희미해질 때
봉인해 둔 약속을 다시 불러냈다 한다

결대로 일어나는 껍질을 벗기며 이것은 종이가 아니라 옷
에 가깝다는 생각
우리 옛사람들은 난을 치고 글을 지어
정인의 치마에 정표로 건네고 떠났다는데
당신의 이름과 내 이름 사이 단 하나의 문장이 떠오르
지 않아
길을 놓친 새처럼 우두커니 앉아 있다
나는 남쪽 들녘을 떠돌고
당신은 북쪽 언덕에 머물러 있으니
나무의 옷 한 조각 얻어 환영 같은 시간들 지워 볼까

자작나무 검은 상처 자국은 시그넷 링의 봉인 자국
무수히 달이 차고 기울어도
접힌 채 옹이처럼 풀리지 않는 편지
오로지 당신이 시그넷 링 인장을 뗄 수 있겠다

그을린 고백서

성북 천변에 하얀 등불을 켜 놓은 민들레 꽃씨들
비행을 준비하고 있는 풍등이다
네게 하고 싶은 말 혀 속 깊이 숨겨 두고
연습하고 또 연습했지만
가 닿지 못하고 흩어졌다
손을 뻗으면 바로 닿을 수 있는데
네 마음은 백 리 밖에 있다
비틀어진 포물선을 그리며 가라앉는 풍등
민들레 꽃씨는 투명한 나비 날개
접었다 폈다 하는 사이 남루해진 편지
네게 보냈으나 오독으로 읽혀 흩어지고
노을 속 그을린 고백서 가라앉았다
풍등도 나비도 내 눈앞에서 다 사라졌다
이번 생에선 어긋났으나
무한 반복 수레바퀴에 얹어 두면 내 어눌한 언어 잘 전달
할 수 있을까

늪에 빠지다

여우가 보름달을 몰래 삼키는 밤
새들은 소스라쳐 떠났다

숲의 한가운데서 숨죽여 우는 소리 들었다
누군가 생의 고단한 무게를 들켰을까
가위눌려 나락으로 툭 떨어졌을까

안개 자욱한 숲
모퉁이 돌아갈 때 무릎까지 빠지는 갈잎들의 강물
나는 초록과 노랑 사이
어디쯤 갇혀 있을까

새들이 흩어진 뒤에도 나는
어떤 힘에 매여서 이 자리 맴도는 걸까
중심을 잃고 표류하는 배처럼 붉은 늪에 침몰 중이다

게내천을 건너는 2312번 버스

바이러스 역병이 변두리 헬스장도 주저앉혔다
5년간 트레이너로 몸을 담금질하고
무쇠를 두드려 연장을 다듬는 대장장이처럼 고단한 오늘
을 단련시켰다
회원들이 불꽃처럼 일어서다 연기로 흩어졌다

굳게 닫힌 문틈으로
먼지 뒤집어쓴 채 나뒹구는 물품들
운동기구 들어낸 바닥에 내 뒷모습 얼룩처럼 들러붙었다
쓴침이 올라왔다
네 전화는 늘 부재중인데
이따금 숨 돌리던 헬스장 앞 벤치에 앉아 습관처럼 네게
톡을 건넨다

깨진 보도블록 틈에 핀 씀바귀 노란 꽃
일벌의 터전은 작은 꽃잎 몇 장
공들이던 내 일터와 닮았다
한 몸이 된 줄무늬 벌과 노란 꽃
계절을 어기지 않고 모두 제자리로 돌아오는데
내 삶은 어긋난 지점에서 걸려서

둘 셋으로 갈라지고 한 걸음 늦게 도착하곤 했다

게내천을 건너온 2312번 버스가 멈춰 섰다
네가 앉아 있을 것 같아 차창을 훑어보는데
두근두근 꽃망울처럼 부풀던 마음
날개 젖은 벌처럼 움츠러들어 한 줄기 꽃샘바람에 쓸려 간다

강물을 차오르는 물고기

강변 호두나무에 기대 놓은 녹슨 자전거
다시 가슴 열어젖히고 달릴 수 있을까
이따금 바람개비처럼 바큇살 빙그르 돌리고

남한강 출렁이는 물살과 어깨를 겨루며
그와 자전거는 한 몸 되어 거침없이 달렸어
그는 강물을 차오르는 한 마리 물고기

물빛이 깊어지고 호두알이 여물 때
아득한 꼭대기에서 발을 헛디뎠어

녹슨 바퀴 쓸어 보지만
그의 왼편 다리처럼 감感을 잃어버렸어

강 수면은 차돌 뿌린 듯 반짝였어
강물은 새로운 물길을 내며 고양이 발걸음으로 떠났어
그가 꿈의 페달을 굴리자
바람의 그물을 가르며 물고기처럼 날아올랐어

정물화

나무 공동묘지에 절름발이 새가 산다
오후 5시
마른나무 쭈뼛쭈뼛 일어난 가지 끝에 그림처럼 앉아 있는 새
정수리에 초승달 멈추었다
새의 눈동자는 이미 먼 허공으로 떠났는데
하늘을 팽팽하게 붙잡고 있는 바람 때문에
별이 천공天空에서 흘러내리지 못하는 것일까

바람의 능선에 나는 홀로 남겨지고
앳된 길잡이 소년의 칠 머금은 눈빛과 가늘고 긴 다리
구름이 머무는 산모퉁이에서 어른거렸다
생의 구간 구간마다 발목 잡는 내 그림자를 보았다

어두운 숲 그늘에서 까마귀들 솟구쳐 오르자
잿빛 하늘이 천천히 가라앉았다
다시 검은 보자기처럼 흩어지고 풀어졌다
떠날 수 없는 새
날개깃 접고 긴 목을 빼고 먹구름이 사라지길 기다리고 있다

두 세계
—환지통

삼나무들이 줄지어 선 강가에서
고개 돌리면 대칭의 다른 세상이 있다

내가 두 발 딛고 서 있는 흙투성이 이곳은
악취 심한 뒷골목처럼 소란하다
네가 있는 그곳은 밝고 고요해서
나무와 새와 사람이 어제와 똑같아 보이지만
수정궁 같아서 내가 발 들일 수 없는 세상
넝쿨처럼 뻗어 가던 모호한 언어와 금지된 일
그곳에 슬쩍 풀어놓자 빈손에 통증만 남았다

너는 주저 없이 네 세계로 돌아가
물비늘 반짝이며 강의 일부분이 될 테고
나는 오점처럼 튕겨져 멀리 떨어져 나왔다
이제 너와 나는 아무 사이가 아닌 사이여서
다시 이어질 수 없을 테지
네 안부를 묻고 싶은 날
낮게 비행하는 새들을 에둘러 가지만 끝내 돌아보겠지

등 돌려 무거운 신발을 끌고 느릿느릿 이 땅을 걷고 있다

알파별

알파별을 품은 후 풍선처럼 날아올랐습니다
숨겨 둔 보석을 꺼내 보듯 날마다 마음이 꽉 차 있었습니다

꿈속에
뒤뜰 황금 나무가 커다란 날개 펼치고 있었습니다
상서로운 일인데
먼발치에 당신이 무심하게 서 있었습니다
쏟아지는 샛노란 잎들이 나비 떼처럼 출렁거리는 배경으로
지친 얼굴이 더욱 캄캄해졌습니다
찬란한 그곳에서 잘 지낼 거라 여겼는데
빛나던 웃음 사라지고 맑은 눈이 다크서클로 흐려 있습니다
고달픈 그곳 처지가 맴돌아서 저릿한 가슴에 서릿바람 불
었습니다
나는 중심을 잃고 불면으로 어둠을 헤아리다
나무에 노란 손수건 한 장을 매어 두었습니다

언젠가 알파별에 닿아 눈물을 닦아 줄 것입니다

예술가

오래된 풍금 앞에 앉은 당신

왼손으로 흰건반 차르르 훑어 내리자 밀려드는 파도 소리

검은 음표 어루만지자 작은 바닷새들 날아들었다

물때 놓친 새들이

당신의 머리와 가슴에서 쉰 목소리로 울었다

해당화가 모래알보다 더 많았던 자월도

헝클어진 머릿속 주름을 지워 주던 나직한 해조음 소리를

당신의 웅크린 등에서 들었다

저녁 해가 툭 부러지듯 당신의 날개 떨어지고

쓸쓸한 음표들이 꽃잎 지듯 발밑으로 흩어졌다

\>

길고 가느다란 바람의 손이 진혼곡처럼

느릿느릿 내 마음을 피아니시모로 달래 준다

그 사이로 당신의 그 마음이 지고 있다

플라타너스는 발랄한 상징을 가졌다

안개 속에서 플라타너스 나무가 물끄러미 나를 내려다본다

물구나무서 있는 나무들의 동그란 열매

그네 타는 네 갈래 머리 방울처럼 포물선 그리며 하늘 그네를 타고 있다

12월의 플라타너스 곁을 지날 때마다

안개 늪에 숨어 있는 새가 불어 주는 휘파람 소리일까

셋, 넷잇단음표의 높고 빠른 노래 들었다

북서풍 갈피마다 숨겨 둔 파 솔 라 음들

단조와 장조로 엮은 높고 투명한 가락이 길게 이어졌다

가지 끝마다 통통 튀어 오르는 멜로디에 맞춰서

내 발걸음도 어느새 경쾌하게 스케르초로 달려간다

사라진 것에 대한 경배

밤 두 시에 수탉이 울었어

무더운 8월, 건너 숲 외딴집에서 이따금 그 소리 들리면
초승달이 내 등을 떠밀어 멀리 고향 집으로 데려가곤 했어

밤사이 사라진 집 깃들던 것들 흙더미 아래 어지럽게 맴
돌고 마지막 순간을 위해 맑은 어둠을 지새웠을까 꽃등 너
울거리던 배롱나무에 새들이 전해 주던 이야기 흩어졌어

배롱나무에 무리 지어 동쪽을 바라보았을 새들 깊은 밤
내 귀에 꿈처럼 다가와서 천년의 비밀 알려 주고 떠났어

가을은 정거장

구름 징검다리 건너 십 리쯤 물러난 하늘
쪽빛이 깊다
그 푸른 강의 지류 따라 철새들 줄지어 간다
남쪽 물고기자리 포말하우트로 머리 두고 날아가는 백로들
서로서로 북돋우는 말들
빈 달에 메아리로 쏟아진다

은목서 흰 꽃들
투명한 깃털을 말리고 있다
가볍게 화장을 고치고 여행 준비하던 당신
가슴에 품었던 은구슬 목걸이
붉은 노을 속으로 흩어졌다
어느 별자리로 옮겨 갔을까
황망히 떠나던 당신 옷자락의 흔들림
뒷모습 흐려질 때까지 주저앉아 바라보던 그날
우리는 지는 꽃잎처럼 산화됐을까

떠난 이들의 빈자리에
강물이 범람하지만
슬픔에 갇혀 침잠하지 않는다

재회할 수 있다는 믿음이

나무처럼 깊게 뿌리내렸기 때문이다

별자리에서 건너온 신호가 까닭 없이 빛나기 때문이다

새들의 군무

금강 하류에 철새들 내려앉았다가 흩어지길 반복했다 출항을 준비하는 배처럼 일제히 돌아와 강물에 정렬했다

하늘의 정결한 자식들 의식을 치르는지 먼 대지에서 들려오는 물너울 출렁이는 소리 내 발밑이 흔들리고 강물이 빠르게 휘돌았다

노을이 마지막 축문을 사르자 줄지어 날아오르는 철새들 춤이 시작되었다 새들은 검은 활옷 소매 맞대고 사방연속 무늬를 그리는데 무리 지은 물고기였다가 물결처럼 안개처럼 흘러 다녔다

다시 둥근 구름 둥둥 떠다니다 어느새 만선滿船이다 풍어제를 올리는 군무가 이어졌다 새들은 범선을 하늘 높이 떠메고 천천히 서쪽으로 건너간다

하늘길을 내다

너는 떠나는 걸 좋아했다

휘어진 길목마다 네 머뭇거린 흔적 보이는데
언덕길 평평하게 펴면서 갔을까
신작로처럼 훤하다

거미들이 대지에 막바지 길을 닦고
허공에 가느다란 올무를 놓았다
녹색과 흰색의 주문 새겨 넣고 방랑자를 위한 길을 냈다

강물 속 거꾸로 선 나무들 길 없는 길 넓히며 물너울을 넘
는다
깊은 소용돌이에 발 빠진 구름들 모였다 흩어지길 반복하며
부서진 나뭇잎을 밀며 길을 재촉한다

북녘으로 줄지어 가는 새들
보이지 않는 줄 팽팽하게 끌고 하늘길 간다

너는 언제 하늘길 내었을까

메타세쿼이아 병정들

누이야
메타세쿼이아 높은 나무들이
우뚝 솟은 담장 같아 벗어나고 싶다 했지

나무 군단이 도열해서 거수경례하고
말을 탄 병정들이 달려드는 것 같다며 몸서리쳤지

촘촘한 나무둥치들 청록 창살 같다며
작은 새처럼 움츠렸지

너는 새장의 새들을 날려 보내며
멀리 떠날 수 있는 자유를 부러워했지

새들은 마지막 힘을 모아
범종 소리 따라 저녁노을 속으로 흩어졌지

메타세쿼이아 붉게 익어
금강석 장벽도 장딴지 굵은 기마병도 사라졌지

누이야

가지런히 마음 모은 순한 이들이 돌아왔어
옹이 풀고 나무와 나무 사이를 깃털처럼 건너가자

제4부 당나귀 운동 처방

행위 예술가

해당화 열매처럼 노을이 익고 있는 몽산포
물너울이 노을 끝자락부터
긴 밀대를 굴려 바다를 판판하게 펴고 있다

모래펄에 수많은 숨구멍들
엽낭게들은 행위 예술가
어떤 말을 전하고 싶어 저토록 많은 암호를 적어 두었을까
보름달이 차오르면 파도 갈피마다 숨겨 두었다가
달이 기울면 다시 펼쳐 놓는다
모래펄에 그들만의 언어로 퍼포먼스 중이다

고대 페니키아인처럼 부조로 새긴 문양들
오랫동안 후손에게 전하고 싶은
저 문장紋章들 지금은 숨겨야 하는 시간
달이 뜨면 다시 시작할 수 있을까
골 깊은 내 생이 시간의 파도에 판판해진다

당나귀 운동 처방

의사는 재활 운동 치료를 권했다

면도 자국 새파란 운동 트레이너 J는 내 몸을 찬찬히 작
동해 보는데
앉아서 다리 벌리거나
허리 굽혀 손을 바닥에 짚는 동안
나는 어느새 뻣뻣한 당나귀처럼 굴었다
다시 복부를 손끝으로 스캔하며
아무거나 집어 먹어 소화불량에 부종입니다
설익은 태양의 어두운 시간이었다
달의 안쪽 빛나는 걸 오랫동안 겁 없이 즐겼을 뿐인데
J가 원하는 당나귀가 되기까지 얼마나 많은 시간을 구부
려야 할까

Treadmill을 4.1에 놓고 *하나 둘 하나 둘* 내 당나귀는 혼
돈으로 어긋나기만 했다
쏜살같이 날아 들창문 박차고 너머로 달려 보지만 겅중대
고 좀처럼 리듬을 타지 못했다 허공에서 헛발질이다

누군가 내 눈을 오래 들여다보았다

부대끼는 마음을

나는 낭떠러지로 떨어지는 꿈을 꾸는 것 같았다

단단한 근육질 J의 정강이뼈와

살짝 스쳐도 금 갈 것 같은 피부

샘처럼 솟는 심장의 고동이 나를 낭떠러지로 떨어지게 했다

J는 들판을 달리던 내 푸른 날들이었다

다시 어린 당나귀가 되기로 했다 풀밭을 걷던 그 첫 발자국

지문 따라 *사 뿐 사 뿐*

경계인

그림자 동쪽으로 길게 거느리고 숲에 들었습니다
비탈에 서 있는 나무들
구월의 바람이 안쪽으로 밀어 넣고 있었습니다
바람의 성화 때문일까요
힘겹게 꽃피운 시간을 혼자 감당했을까요
등허리가 기역 자로 굽어 있습니다

다른 나무들이 날아오를 듯 발꿈치 들었는데
변방을 머뭇거리면서 망설이면서
낭떠러지 아래만 내려다보고 있습니다
뿌리가 대지로 건널 수 있도록 궁리 중일까요

당신은 늦둥이를 앞세우고 어디든 가고자 했습니다
여섯 살 아이는 뒷걸음치며 당신 옷자락에 매달리곤 했
습니다
나는 비탈의 나무와 유전자가 같은 경계인일까요
나무가 희고 작은 손바닥을 뒤집어 부끄러운 손사래 칩니다

어머니의 양산

그녀의 꽃무늬 양산은 안단테 칸타빌레

키 높은 나무들 엎어졌다 일어섰다
사방으로 흩어지는 물고기
나뭇잎 하나 공중제비 돈다
잎이었다가 물고기였다가
꽃에 내려앉는 나비
나비는 날개를 뒤척이더니
물고기 몸이 되어 빠르게 헤엄쳐 온다
역류하는 물살
초록 물고기 양산 속으로 몰려온다
어머니 치마는 활짝 펼쳐진 양산
그 출렁이는 치맛자락에 얼굴 묻으면 비릿한 천변이 열리고
나는 물풀 사이를 떠다니는 초록 물고기

구름 무대

해넘이 시간 봉우리와 봉우리 사이
새들의 피리 소리로 무대를 열었다

원숭이의 팬터마임
일그러진 표정의 배우들
회청색 뱀이 되어 검은 연기를 쫓는데
찢어질 듯 벌린 목구멍 속으로 꼬리가 빨려 들어갔다
분홍 구름송이 두근두근
광대들은 어색해서 어깨 움츠렸지만 공연은 이어졌다

중세 로마인의 만찬처럼
붉은 포도주 잔에 웃음이 찰랑거렸다
들뜬 당신과 나는 긴 의자에 누워 손뼉을 마주쳤다
생은 무한 반복될 것이므로 공연이 계속될 거라 믿었다

노을을 등진 것들이 바람 무늬를 그리다
내 몸으로 흘러든다
눈동자에서 눈동자로
구름이 구름에게 전해 들은 서늘한 말들
기억의 창에 묶여 있다

>
당신이 내 곁에 머물렀던가
서로 어깨 기대고 공연을 보았던가
그날 구름 공연이 있었던가

징검다리

강돌의 줄무늬 안에서 누군가 울고 있다

서러운 걸까

어미 잃은 댕기물떼새 울음 같고

은어 발가락 지느러미 첨벙거리는 소리 같다

그는 돌아갈 구름다리가 필요했을까

잡초들 몸을 빳빳하게 세워 길을 어질러 놓았다 나는

다리를 놓아 주기로 했다

흙을 얇게 펴 놓고 강돌을 뉘었다

무늬석이 말을 거는 것 같아 돌을 어루만지며

무릎 굽히고 두 귀 바짝 세웠다

돌은 부랑자의 자유로운 춤 이야기를

\>

떠돌이 개처럼 고단한 시간을

나비의 짧은 입맞춤을

나는 급히 받아 적었다

먼 곳,

천 일 밤을 견디어 낸 셰에라자드처럼

신비롭고 슬픈 이야기 완성되었다

마른 줄무늬 돌의 오래된 눈물 자국 닦아 주었을까

쏟아지는 햇살 아래 반짝거렸다

나는 징검다리가 간절해서

지금도 강가에서 도착하지 않은 시간을 기다리고 있다

믿음으로

가을은 떠나는 계절

무서리에 시든 풀꽃과 빛바랜 나뭇잎들 대지로 떠나보내요 잎의 정령이 이듬해 꽃들을 데리고 온다는 믿음으로

이누이트들 먼바다로 달려가 바다표범의 머리를 파도 속에 가만히 놓아주어요 영혼이 육신을 붙여서 다음 생에 돌아오리라는 믿음으로

네가 떠나는 날 지붕에서 옷 흔들며 젖은 얼굴로 머리 풀어요 가던 길 멈추고 돌아온다는 믿음으로

나쁜 동화

소음 속에서도 아이들은 자란다
불도저 거친 숨소리에 꽃송이 흩어졌다
창호에 어른거리던 아이의 그림자 사라지듯

사월의 꽃샘바람이 나이테의 얼룩을 잠시 더듬다 떠났다
건물이 철거되고
나쁜 동화처럼 끝이 났다

흙먼지 길게 끌고 가는 십 리 길
시간은 멈춘 듯
분홍 구름들 내 머리 위에 맴돌고
천변 공터에 막 도착한 어린 살구나무
꿈속에서 아이는 여섯 나이테 물끄러미 응시하다
내 손을 꼭 잡았다

언제까지나 이곳에 머물러 있어도 될까요?

Back hug 안 될까요?

나는
산수유와 서로 위로받는 사이다
나무의 휘어진 등 가늘고 긴 팔다리
중심에서 밀려나 길 쪽으로 기울어진 비주류
나와 닮은꼴이다
새들이 슬쩍 내려앉아 부리로 안부를 물을 때
깃털 새의 중력에도 어지럼증 출렁거렸다

그날
숲의 중심부 나무들이 올리는 박하 향 파도에 몸을 맡기고
나무와 나는 이마 맞대어 밀어를 나누고 있었다
뒤꿈치 들고 배밀이하는 풀벌레 소리에 귀가 순해지는 오후
나와 산수유 심장 파동이 하나로 모였다

멀리
바위만 한 들소 한 마리 뿔을 깃대처럼 세우고 달려왔다
뒷발굽에서 흙먼지 일었다
모퉁이를 돌자
덩치가 큰 여자가 곧장 우리 쪽으로 돌진해
나무에 몸을 날렸다

순간 급소를 받힌 듯 휘청거렸다
지탱하던 가느다란 선이 무너져
뿌리 언저리부터 무수한 빗살무늬 실금이 퍼졌다
깨어질 것 같다

지금
나는 어지러워 토할 것 같다
쓰러질 것 같다
봄 햇살이 산수유 꽃잎에 Back hug 하듯
안 될까요?

스트롱 맨

원반 던지는 청동상*은
나미브사막의 사자처럼
강인한 다리 지면을 누르고 원반을 움켜쥔 팔의 힘줄이
꿈틀거린다
그는 보디빌더이자 운동선수
어릴 때부터 사자를 닮고 싶었다

사막에 폭우가 쏟아지고
호아니브 강물이 모래 위를 짐승처럼 달려간다
폭죽처럼 터지는 야생화들
초식동물의 축제가 열린다
사막 사자가 숨죽이고 오릭스 영양을 훔쳐본다
강가는 먹고 먹히는 먹이사슬 경기장이다

강하다는 건
약자에게 내민 그의 커다란 손일까
소년기부터 버거운 짐을 진 그의 두 어깨일까
등뼈를 세운 바람이 근육을 부풀릴 때
등을 원반처럼 말고 먹잇감을 향해 질주한다
굶주린 새끼 먹이를 구하는 사자의 눈빛에

굵은 비행운 자국이 선명하게 남았다

---

* 원반 던지는 청동상: 〈팔롬바라의 원반 던지는 사람〉. 뮌헨 고대 조
  각 미술관 소장.

신기루 속으로

여행지에서
유리창에 부딪치는 쿵 소리
오후의 고요를 쥐었다 놓았다
새의 욕망과 날아온 속도가 비례하는 걸까
좀 전까지 공중에서 자유롭게 유영하던 새는
나락으로 떨어져서 그림자로 정지했다
새의 단꿈이 깃털처럼 가볍게 사방으로 흩어졌다
왜 건너편 산이 아닌 유리창을 택했을까
전원에 집 한 칸 들이고
새들의 아침과 마티스의 채색 하늘을 꿈꾸었는데
새도 그런 걸까
산이 바람의 길과 풀벌레 소리 데려와 투명 창에 고스란
히 부려 놓았다
새는 그 부름에 응답했을 뿐인데
사막의 모래 폭풍 속에서 손에 닿을 것 같은 오아시스처럼
유리창에 들어앉은 구름과 나무와 풀들
새의 마음을 홀렸을까
나는 도시 변두리를 맴돌며 매번 헛손질이다
저 새와 내가 무엇이 다를까

난민촌

측백나무 울타리에 거미가 쳐 놓은 회색빛 텐트
일렬횡대로 세운 천막촌이다
나무와 나무가 기둥이 되고
밧줄 걸어 올린 지붕 모서리에서 흙먼지 뽀얗게 일었다

나무가 붉은 등불을 끄면 야생들이 광배근을 펼쳤다
거친 짐승들이 꼬리 물며 뒤쫓는 시간
울타리가 쓰러졌다
텐트 안에서 숨죽이던 난민들
먼 이방인 땅에 깃발을 올렸는데 이곳에도 두려운 지뢰밭
이 있다

거미와 아이들은 행동반경이 닮아서
눈만 뜨면 뒤엉켜 레슬링을 한다
투명 창이 흔들리고 뼈대 없는 벽이 출렁거렸다
다섯 살 소년은 이국 숲에서 독버섯을 얻었지만 별이 되었다
지금도
이국의 하늘에도 이 땅에도 별들이 쉽게 뜨고 진다

무반주 협주곡

석 달 열흘 가뭄에
비가 내리네
피아니시모에서 포르티시모
숲의 심장을 두드리는 타악기 소리

무대에 오른 고라니 북채 잡았네
청미래덩굴 헤치며 먹이 쫓던 짧은 꼬리가 리듬을 타네
간절한 포르테 눈빛 풀숲으로 쓸려 가네

상수리나무 가지 끝에 내려앉은 참수리
먹이 움켜쥐던 발가락이 짚어 내는 팀파니
펼친 날갯죽지로 천둥을 받아치며
허공에서 심벌즈 번개 때리네

비를 불러오는 초록의 자식들
어디에 숨어 기우제를 지낼까
거기,
숲의 오래된 문고리 밀자
새와 짐승들이 무반주 협주곡을 연주하네
비 내리고

숲의 정령精靈들이 검은 구덩이에서 눈을 뜨고
수천의 초록 잎이 파도처럼 밀려오며 춤을 추네

모터 소리

수중에서 들려오는 모터 소리
나는 욕조 바닥으로 내려가 누웠다
몸이 나른해져 태아처럼 이완되었다

일어서고 쓰러지는 바다
기억의 틈으로 작은 물고기 잔상 보이고
뭉친 배 쓸어 주며 토닥이는 어머니 손길
편안하게 잠든 물고기

노모를 씻겨 드린다
다리 사이로 비누 거품 포말처럼 부풀어 오른다
거동이 불편한 노모는 그만 기우뚱
무릎에 붉은 꽃 활짝 피는데
괜찮다 괜찮다 괜찮다

계절이 바뀌고 또 바뀌었다
기억의 지느러미 더듬지만
어미 사랑을 한 치도 모르던 나는
눈치 없는 눈먼 물고기였다
모터 소리는 놓친 어머니 발걸음 소리

>

심해어 그림자 어른거리고

눈 못 뜬 물고기처럼 제자리만 맴돌고 있다

푸른 자루

유월의 산사나무는 우체통
거위벌레가 밀봉한 나뭇잎 편지 가득해요
얼굴 마주할 수 없어 궁굴려 접은 안부
나비 더듬이처럼 떨리는 마음
혀 안에서 오랫동안 맴돌던 고해성사와
빚 독촉장
여린 당신이 연필로 적은 상처도 얹어 있네요
왼쪽 심장이 쿵 내려앉은 순간을 모조리 적어 두었죠

나무가 안아서 키운 아기 새
선홍빛 목젖이 보여요
날개깃이 자라고 부리가 구부러질 때
활짝 펼친 날개의 비상
벽옥의 하늘을 가르고 활강하겠죠

산사나무가 숨겨 온 편지들 품 안에서 꺼내 놓아요
지난날 내가 중얼거린 귀엣말 귀퉁이 닳아 흩어졌죠
우편배달부 붉은꼬리매
푸른 자루 둘러메고 바퀴 굴려 세상으로 나가요
어느 날 당신 손에 올려진 편지 꾸러미

아직도

당신은 저울 눈금 무게로 마음을 가늠하고 있나요

미끄러지다

망고나무 아래 노랑머리 여인 앉아 있네
붉은 쐐기 무늬 타로를 건네며 한 가지 소원을 말하라 하네

다섯 장을 고르는 짧은 순간
시곗바늘은 심지 닳은 구식 램프처럼 멈추었네

소원이 많아 우물쭈물하다
엄지와 검지로 내 미래를 무겁게 들어 올렸네

내가 골라낸 조각을 하나씩 열어 보는 여인의 길고 가느
다란 손가락

휘어진 달 사이로 날아가는 화살
왕관을 쓴 난쟁이
거꾸로 서 있는 앙상한 나무
아가씨를 물고 가는 비둘기

내 궁금증에
이국 여인은 손가락을 입술에 대고 고개를 가로젓네
알 수 없는 하늘의 기운에 눌려 나는 고개 수그리네

>
앞일이 고스란히 보인다는 타로점
한 덩어리 된 생각이 뒤엉켜서 풀리지 않았네
점괘는 그만 망고알처럼 미끄러져 흩어졌네

해 설

강가에 서 있는 한 사람

차성환(시인, 한양대 겸임교수)

　　정연희 시인의 시詩는 만날 수 없는 누군가를 기억하고
기다리는 방식으로 존재한다. 지금 사라지고 없는 '당신'
을 다시 만나기 위한 간절한 기도이다. 일찍이 서정주가
「견우의 노래」라는 시에서 "우리들의 사랑을 위하여서는/
이별이, 이별이 있어야 하네"라고 읊은 것처럼, 진정한 사
랑을 확인하기 위해서는 역설적으로 이별이 필요한지도
모르겠다. 이에 빗대어 정연희 시인의 시는 가히 '직녀의
노래'라고 부를 만하다. 그의 시는 백수광부의 아내가 강
물에 빠져 죽은 임을 그리워하며 부르는 「공무도하가公無
渡河歌」의 계보에 속한다. 애달프고 슬프다. '나'는 강물 앞
에 서서 지상에서 사라진 '당신'을 향해 기도하는 사람이

다. 이때의 강물은 '나'와 '당신'을 가로막은 죽음이고 우리
가 결국에는 당도하게 될 세계의 끝이다. 하지만 시인은
그렇지 않다고 말한다. 죽음 너머에 또 다른 가능성이, 죽
음을 넘어서는 사랑이 있다고 노래한다.

　　　상현달이 섬강에 얼굴을 씻는군요
　　　씨앗을 품은 미완의 덩이
　　　두 손으로 받아도 미어질 것 같군요
　　　새 생명이 이 별에서 완성되는 내밀한 시간
　　　월견초 따스한 기운이 밤의 한가운데로 모여들어
　　　강변 풀섶이 온통 노란 붓 칠 소용돌이군요
　　　당신은 허리 굽혀 미지의 세계를 기다리고 있군요
　　　풀벌레들의 장엄 돌림노래 가까워졌다 멀어지는데
　　　수도원 담장 너머 들리는 저녁 찬송과 어우러진 칸타타
　　　밤 깊도록 이어지는군요
　　　내 허물을 대신 깁는 기도일까요
　　　맑은 종소리처럼 헝클어진 내 정수리를 오래도록 씻
　　어 내는군요
　　　당신이 달의 몸으로 내게 건너와
　　　서로에게 물들어 천천히 번진 첫 마음처럼
　　　조금씩 부풀어 오른 구월의 달이 곧 강물에 몸을 풀겠군요
　　　　　　　　　　　　　　　　　　　—「탄생」 전문

'나'는 추석 대보름이 가까운 날 밤의 강변에 나와 있다. 그믐달과 초승달을 지나온 "상현달"이 밤하늘에 뜨자 "섬강"의 강물 위에도 달그림자가 맺힌다. "상현달"은 마치 충만한 보름날을 앞두고 단장하듯이 "섬강에 얼굴을 씻는" 중이다. 완벽한 생명의 원형으로서의 보름달이 완성되기 전에 "상현달"은 "씨앗을 품은 미완의 덩이"로 존재한다. 달이 차고 이우는 것은 동서고금東西古今을 막론하고 신비로운 상상력의 보고寶庫로서 단순한 자연현상 이상의 의미를 갖는다. 특히 동양 문화권에서 보름달은 현생의 평안과 소원을 비는 무속적인 신앙의 대상으로 오랫동안 사랑받아 왔다. 달의 순환 주기는 생명이 태어나고 죽는 과정을 상기시킨다. 달은 삼라만상의 모든 존재들이 생과 사가 무한히 반복되는 대자연의 법칙에 속해 있다는 것을 가장 선명하게 보여 주는 우주의 척도인 셈이다.

내가 "강변"에 나와 "달"을 바라보는 것은 마치 종교적인 차원에서 성스러운 기원祈願의 행위에 가깝다. '나'는 "조금씩 부풀어 오른 구월의 달"이 어서 보름달이 되기를 기다린다. 보름달이 뜨면 일상적인 시간의 흐름이 멈추고 '나'와 분리되어 있던 "당신"과 만날 수 있는 초월적 시간이 펼쳐지기 때문이다. 이곳에 없는 "당신"이 "허리 굽혀 미지의 세계를 기다리"듯이 '나' 또한 곧 도래할 "새 생명이 이 별에서 완성되는 내밀한 시간"을 간절하게 기다린다. 그것은 지상의 모든 생명들, "강변 풀섶"을 "온통 노란 붓칠 소용돌이"로 만드는 "월견초"(달맞이꽃)가 꿈꾸는 시간이

기도 하다. "풀벌레들의 장엄 돌림노래"와 "수도원 담장 너머 들리는 저녁 찬송과 어우러진 칸타타"는 모두 보름달을 향한 간절한 기도의 형식으로 주어진다.

보름달의 시간은 '나'와 "당신"을 이어 준다. 칠월 칠석날 오작교 위에서 견우와 직녀가 만나듯이 "당신이 달의 몸으로 내게 건너와/ 서로에게 물들어 천천히 번진 첫 마음"을 경험하게 해 주는 마법과 같은 순간을 선사한다. 이때의 "달"은 '나'와 "당신"을 연결시켜 주는 유일한 매개물로서 사랑의 영원한 증표로서 존재하는 것이다. 제목이 말해 주듯이, 보름달은 지상의 '나'와 천상의 "당신"을 이어 주는 새로운 시공간을 '탄생'시킨다. 유한한 '나'는 천상의 "당신"을 만나 지금과는 전혀 다른, 새로운 존재로 '탄생'하는 것이다. "강물"에 뜬 "달"을 바라보며 "당신"을 떠올리는 '나'에게는 어떤 사연이 숨겨져 있는 듯하다.

네가 느릿느릿 건너간 다리

자작나무가 머리 늘어뜨리고 칠월의 눈먼 강물 속으로
안개 밀어 넣는다

누가 하늘 높이 구름 옷감 내걸었을까

강둑에서 산마루 그늘까지 팽팽하게 부풀어 오른다

얇은 주름 커튼 매어 경계를 지었다

빛을 잃은 별자리 더러는 지상의 주름이 되었다

너는 별의 눈과 귀 목소리 놓치고

강물에 뒤섞인다 하양 초록 검은 회한들

멀고 먼 길 백 년을 걸어온 나그네처럼 끊긴 다리 위
에서 나는

우두커니

칠월 칠석의 너는 홍예다리 건너갔는지

네가 당도한 길

구름새의 흰 이마 빌려 그 너머에 닿을 수 있을까

나도 선계仙界에 들 수 있을까
                              —「선계仙界마을」전문

「선계仙界마을」은 강원도 횡성군 강림면에 소재한 마을

116

을 배경으로 하는 작품이다. 이 시에도 하염없이 강물을 바라보며 떠나간 '너'를 그리워하는 '나'가 등장한다. 앞서, 시 「탄생」에 나오는 "섬강"이 강원도 횡성에서 발원한 물줄기인 것을 보면 두 시가 유사한 모티프motif로 창작되었다는 사실을 알 수 있다.

정연희 시인은 이 시에서 아름다운 "선계仙界마을"의 풍경과 함께, '너'에 대한 '나'의 그리움과 사랑을 가슴 뭉클하게 담아내고 있다. "네가 느릿느릿 건너간 다리"는 생生과 사死를 나누는 이별의 다리이다. '나'는 "지상"에 남아 천상으로 떠난 '너'를 그리워한다. 그 슬픔을 이기지 못해 차마 볼 수 없겠다는 듯이 "자작나무가 머리 늘어뜨리고 칠월의 눈먼 강물 속으로 안개 밀어 넣는다". "하늘"로 건너간 '너'와, 지상의 '나' 사이에는 "구름 옷감 내걸"려 서로 오갈 수 없는 "경계"가 지어진 것이다. '나'는 "끊긴 다리 위에서" "우두커니" 선 채, '네'가 사라진 흔적을 뒤쫓는다. "지상"의 "강물"에는 '네'가 남기고 간 "하양 초록 검은 회한들"이 뒤섞여 있다. "네가 당도한 길"은 생의 이쪽에 서 있는 '나'는 도저히 가 닿을 수 없는 "선계仙界"에 속해 있다. 그곳은 "내 삶이 가 닿을 수 없는 저곳"(「초록 만다라」)에 있다. "구름새의 흰 이마"를 빌려야지만 '네'가 있는 "그 너머"에 닿을 수 있는 것이다. 그러나 '너'와의 만남은 불가능한 꿈이 아니다. 지금의 이별은 영원한 이별이 아니다.

"칠월 칠석의 너"란 시구가 말해 주듯이 이 시는 견우와 직녀 설화를 연상시킨다. 견우와 직녀는 서로를 지극히 사랑하지만 은하수를 사이에 두고 있어서 만날 수 없게 된다. 이를 안타까워한 까마귀와 까치들이 1년에 한 번 음력 칠월 칠석 하늘에 올라 몸을 이어서 오작교烏鵲橋를 놓아 견우와 직녀가 만날 수 있게 한다. "구름새의 흰 이마"와 "홍예다리"는 견우와 직녀 설화에서 까마귀와 까치들이 몸을 엮어 만든 오작교의 이미지를 변주한 것으로 보인다. 은하수를 사이에 두고 사랑하는 견우와 다시 만날 날을 기다리는 직녀와 같이, '나' 또한 "강물"을 앞에 두고 '너'와 재회할 날을 간절하게 기다린다. '나'에게는 "멀고 먼 길 백 년을 걸어"서라도 '너'를 꼭 만나야겠다는 의지가 있다. '나'는 언젠가 '너'를 다시 만날 수 있다는 믿음 속에서 살아가는 것이다. 정연희 시인은 시「가을은 정거장」에서 "황망히 떠나던 당신"을 그리워하며 다음과 같이 노래한다. "떠난 이들의 빈자리에/ 강물이 범람하지만/ 슬픔에 갇혀 침잠하지 않는다/ 재회할 수 있다는 믿음이/ 나무처럼 깊게 뿌리내렸기 때문이다/ 별자리에서 건너온 신호가 까닭 없이 빛나기 때문이다". 이 '믿음'이 한없는 슬픔에서 '나'를 건져 내고 세상을 살아 나갈 힘을 갖게 해 준다. 그렇다면 '당신(너)'은 누구일까. 시집 전체에 특정되어 있는 인물은 없지만 한 편의 시가 눈에 들어온다.

어떤 꿈을 금지하는 걸까

칠 벗겨진 현판과 삐꺽대는 누마루
절집 연못에 연꽃 붉다
팔월의 달아오른 햇볕이 꽃 속으로 쏟아져
꽃방마다 불을 지폈다

꽃을 사랑하던 아버지
안마당에 꽃들이 병풍 자수처럼 고왔다
한여름에도 옷을 껴입은 아버지는
겹겹이 치마 두른 이국의 홍련과 같은 부족일까

아버지가 오랜 출타에서 돌아오셨는지
댓돌 위에 흰 고무신 가지런하다
처마 끝 햇살이 신발 위로 비스듬히 떨어졌다

아버지는 꿈을 내려놓지 못하고
가을볕 스러지듯 길을 재촉하셨다
그 후로 우리에게 누마루는 금기의 장소가 되었다

무릎에 앉히고 두상화를 가꾸듯 꿈을 쓰다듬으며
아가야
꽃처럼 자기만의 날개를 간직하거나
고니처럼 제 색깔을 가져야 하는구나

무거운 진흙 더미 생애를 꽃피우려던 아버지
나는 오랫동안 그 꿈에 미치지 못했다

금몽암에 아라홍련이 등불을 하나씩 켜고 있다
—「금몽禁夢」 전문

   어느 팔월, 절집의 고즈넉한 저녁 풍경이다. '나'는 "절
집 연못"에 핀 "연꽃"을 바라보다가 유난히도 "꽃을 사랑
하던 아버지"를 떠올린다. "겹겹이 치마 두른 이국의 홍
련"에서 "한여름에도 옷을 껴입"었던 생전의 "아버지"의
모습을 발견한 것이다. 아마도 "아버지"가 "가을볕 스러
지듯 길을 재촉"해서 돌아가셨을 때 이 "절집 연못"에 "연
꽃"이 붉게 피었던 모양이다. 저 "댓돌 위"에 놓인 "흰 고
무신"이 "아버지가 오랜 출타에서 돌아"와 벗어 놓은 것처
럼 보이니 말이다. "아버지"의 죽음 이후, 아버지에 대한
기억이 서려 있는 이곳은 한동안 "금기의 장소"가 될 수밖
에 없었다. '나'는 이곳에서 유년 시절에 "아버지"가 자신
을 "무릎에 앉히고 두상화를 가꾸듯" 쓰다듬던 기억을 되
새김질한다. "꽃을 사랑하던 아버지"에게 '나'는 가장 소중
한 "꽃"이었을 것이다. "자기만의 날개"와 "제 색깔"을 가
진 삶을 살아야 한다고 이야기해 주던 "아버지"는 지금 사
라지고 없지만 "아버지"의 소중한 "꿈"이 환생한 듯이 "아
라홍련이 등불을 하나씩 켜고 있다". 눈에 아련하다. "연
꽃"이 "연못" 바닥의 "무거운 진흙 더미"를 뚫고 "꽃"을 피

우듯이, 자신의 "생애"에 힘겹게 싸우면서 "꽃피우려던 아버지". 시인은 죽은 "아버지"의 못다 이룬 꿈이 "아라홍련"으로 피어난다는 뛰어난 시적 상상력으로 이 애절한 사부곡思父曲을 완성시켰다. "아라홍련"은 모든 것이 죽음으로 삼켜지는 우리의 삶을 넘어서는 사랑의 증표이자 그 믿음의 산물이다. 「금몽禁夢」은 "아라홍련"처럼 귀하고 눈부신 빛깔을 가진 절창絶唱이다.

시집 『내 발등에 쏟아지는 숲』에 담긴, 사라진 '당신'에 대한 그리움과 사랑의 시편들은 최초 사랑하는 가족에 대한 기억에서 기인했을 것이다. 「이슬」이란 시에는 "구슬치기"를 하다가 "구슬을 놓치고" "칼리프 먼 마법의 땅으로 떠"난 "일곱 살 오빠"에 대한 이야기가 담겨 있다. 사랑하는 가족의 죽음을 통해, 사라진 '당신'이라는 보편적인 사랑의 대상을 발견하고 그 죽음의 강물 앞에서 떠난 임을 그리워하고 슬퍼하는 내가 주어진다.

강돌의 줄무늬 안에서 누군가 울고 있다

시리운 결끼

어미 잃은 댕기물떼새 울음 같고

은어 발가락 지느러미 첨벙거리는 소리 같다

그는 돌아갈 구름다리가 필요했을까

잡초들 몸을 빳빳하게 세워 길을 어질러 놓았다 나는

다리를 놓아 주기로 했다

흙을 얇게 펴 놓고 강돌을 뉘었다

무늬석이 말을 거는 것 같아 돌을 어루만지며

무릎 굽히고 두 귀 바짝 세웠다

돌은 부랑자의 자유로운 춤 이야기를

떠돌이 개처럼 고단한 시간을

나비의 짧은 입맞춤을

나는 급히 받아 적었다

먼 곳,

천 일 밤을 견디어 낸 세에라자드처럼

신비롭고 슬픈 이야기 완성되었다

마른 줄무늬 돌의 오래된 눈물 자국 닦아 주었을까

쏟아지는 햇살 아래 반짝거렸다

나는 징검다리가 간절해서

지금도 강가에서 도착하지 않은 시간을 기다리고 있다
                                    —「징검다리」 전문

　강가에 나와 먼 곳으로 떠난 '당신'을 그리워하는 '나'의
모습이 이 시에도 그려져 있다. "강가"를 서성이던 '나'는
"강돌의 줄무늬 안에서 누군가 울고 있"는 것을 발견한다.
그것은 "어미 잃은 댕기물떼새 울음"과 같다. "강돌" 속의
"그"는 어딘가로 "돌아갈 구름다리가 필요"한 것처럼 보여
"나는// 다리를 놓아 주기로" 한다. 그 "돌" 속에는 누군
가의 생애가 압축되어 있다. '나'는 서둘러 그의 "신비롭고
슬픈 이야기"를, "부랑자의 자유로운 춤 이야기"와 "떠돌
이 개처럼 고단한 시간", "나비의 짧은 입맞춤"을 받아 적
는다. '나'는 그 "이야기"를 귀 기울여 들어 주는 것이 "마
른 줄무늬 돌"에게 위로가 되었으면 하는 바람이다. 여기
까지는 '나'와 강가에 있는 "돌"의 따뜻한 교감으로 읽혀지
지만 마지막 2연은 이 시를 다른 층위에 올려놓는다. "나

는 징검다리가 간절해서// 지금도 강가에서 도착하지 않은 시간을 기다리고 있다". "강돌의 줄무늬" 안에 갇힌 "누군가"뿐만 아니라 '나' 또한 "징검다리"가 간절하게 필요하다. "가슴마다 심은 둥근 꽃이 너와 나를 이어 주는 징검다리 되었다"(「꽃들은 어디서 왔을까」). "징검다리"는 시 「선계仙界마을」에서의 "홍예다리"와 같이 강물이라는 죽음을 뛰어넘어 '당신'을 만날 수 있는 유일한 길이다. '지금도'라는 표현에서 보듯이, '나'는 오랜 시간 이 "강가에서" '당신'과 다시 만날 수 있는, 아직 "도착하지 않은 시간을 기다리고 있"는 것이다. 이는 바다 멀리 떠난 남편을 기다리던 아내가 오랜 기다림 속에서 결국 죽어 돌이 되었다는 망부석望夫石 설화를 연상시킨다. '당신'을 기다리다가 "돌"이 되어 버린 '나'. 내가 받아 적은 "돌"의 "이야기"는 '당신'을 기다리던 '나'의 이야기이고 "오래된 눈물 자국"은 곧 '나'의 뺨에 남은 슬픔의 흔적이다. 강가의 돌에 대한 기록이 곧 '나'의 절절한 시詩가 될 터이다.

정연희 시인은 "지금도 강가에서 도착하지 않은 시간을 기다"린다. 시인이 기다리는 시간은 '당신'의 현현顯現이다. "아라홍련"(「금몽禁夢」)의 시간이자 "새 생명이 이 별에서 완성되는 내밀한 시간"(「탄생」)이다. 그는 떠나간 '당신'을 다시 만나기 위해 어떠한 기약도 없이 오로지 믿음으로 이 시간을 기다린다.

가을은 떠나는 계절

무서리에 시든 풀꽃과 빛바랜 나뭇잎들 대지로 떠나보
내요 잎의 정령이 이듬해 꽃들을 데리고 온다는 믿음으로

이누이트들 먼바다로 달려가 바다표범의 머리를 파도
속에 가만히 놓아주어요 영혼이 육신을 붙여서 다음 생
에 돌아오리라는 믿음으로

네가 떠나는 날 지붕에서 옷 흔들며 젖은 얼굴로 머리
풀어요 가던 길 멈추고 돌아온다는 믿음으로
　　　　　　　　　　　　　　　　　　　―「믿음으로」 전문

뜨거운 여름날 젊은 생生의 기운이 사그라들고 조금씩
옷깃을 여미게 하는 가을의 계절감은 우리의 삶이 영원
하지 않을 것이라는 사실을 알려 주는 듯하다. "아버지"
는 "가을볕 스러지듯 길을 재촉"(「금몽禁夢」)해서 떠났고 내
가 떠난 "당신"을 그리워하는 시간은 "조금씩 부풀어 오
른 구월의 달"(「탄생」)이 있는 계절이다. 내가 사랑하는 사
람을 잃은 가을은 "무서리에 시든 풀꽃과 빛바랜 나뭇잎
들"이 죽음이라는 "대지" 위로 떨어져 내리는 계절이기도
하다. 죽음이란 정해진 운명이고 주변에 있는 뭇 생명들
을 떠나보내는 일은 지극히 우리가 감당해야 할 몫이다.
그들을 어떻게 떠나보낼 것인가. 너의 죽음을 어떻게 받
아들여야 하는가. 죽음 이후에는 무엇이 남게 되는가. 꽃

을 떨군 꽃나무가 죽음 같은 겨울을 견뎌 내고 이듬해 봄날에 다시 꽃을 피워 내듯이 우리는 "믿음으로" 너를 떠나보낸다. "이누이트들"은 모든 동식물에는 영혼이 있으며 죽음 이후에는 환생을 통해 다시 돌아온다고 믿었다. "이누이트들"이 "바다표범"을 사냥해서 고기를 취하고 머리뼈를 그대로 '바다의 파도 속'에 돌려보내는 의식儀式은 그 뼈대에 다시 살이 붙어 "다음 생에 돌아오리라는 믿음"이 있기 때문에 가능한 것이다. 우리나라 전통 상례喪禮에서 사람이 죽었을 때 산 사람이 "지붕" 위에 올라가 머리를 풀어 헤치고 죽은 이의 옷을 흔들면서 호곡號哭하며 그의 이름을 세 번 부르는 것 또한 같은 이유에서이다. 죽은 이의 영혼이 우리 곁에서 제발 멀리 떠나가지 말라고, 죽은 이가 "가던 길 멈추고 돌아온다는 믿음으로" 그리하는 것이다. "가을은 떠나는 계절"이다. 그러나 다시 돌아오기 위해 "떠나는 계절"이다.

사랑의 대상을 떠나보낸 이는 산 자와 죽은 자를 가르는 죽음이란 강물을 오래도록 바라본다. 다시 만나기 위해 죽은 이의 이름을 끊임없이 부른다. 초혼招魂의 의미를 이제 알겠다. 강물을 하염없이 바라보는 자의 마음을. 그 마음은 죽은 이를 향해 "자신을 태워 향을 올리는 모닥불"(「청록 하늘에 박힌 못」)이다. "네게 하고 싶은 말 혀 속 깊이 숨겨 두고/ 연습하고 또 연습했지만/ 가 닿지 못하고 흩어"(「그을린 고백서」)진 그 말을 '당신'에게 건네고 있는 것이다. 생전에

126

"미처 전하지 못한 말/ 장대에 높이 매달려 깃발처럼 흐느"(『위령제』)끼는 것이다. 시집 『내 발등에 쏟아지는 숲』은 사랑하는 '당신'을 향한 뜨거운 기도이며 영원한 사랑에 대한 믿음이다. 그것은 한 개인이 보이는 절절한 사랑의 감정에 머무는 것이 아니라 인간에 대한 보편적 사랑으로 승화시킨다. 그에게 사랑은 삶 자체를 새롭게 탈바꿈시키는 고독한 수행修行의 과정이다.

정연희 시인은 화려한 기교 없이 담담하게 강물과 달, 숲과 꽃이 어우러지는 풍경을 수놓는다. 마치 아름다운 한 폭의 수묵화를 보고 있는 것 같다. 하지만 단순한 풍경화가 아니다. 그 풍경 뒤에는 서정적 자아의 내밀한 슬픔이 잔잔하게 흐르고 있다. 우리는 오랫동안 침묵 속에서 행간 사이를 머뭇거리고 멈춰 서게 될 것이다. 이 아름다운 풍경이 담긴 화선지에 눈물방울이 떨어질 때 비로소 시詩는 완성된다. 시인은 사랑하는 사람을 잃은 슬픔을 시의 행간에 꾹꾹 눌러 담는다. 참으로 곡진하다. 우리에게는 사랑하는 사람이 있고 언젠가는 잃을 수밖에 없다. 슬픔은 가없다. 이제는 네가 아름답고 아프고 슬프다는 말을 이해할 수 있을 것 같다. 시집 『내 발등에 쏟아지는 숲』에는 강이 흐른다. 강물은 울음소리를 감추고 있다. 잔잔한 그 물결 속에서 처연하고 찬란한 슬픔의 빛을 발견할 수 있으리라. 해가 지는 강가에 한 사람이 오래도록 서 있다. 그의 노래는 이제는 내 곁에 없는 사랑하는 이를 위한 기도이다. 그에게 남은 것은 사랑하는 사람을 가슴속에 뜨겁게 간직하는 일이다. 오래 두고두고 떠오르는 풍경이다.
해가 지는 강가에 한 사람이 서 있다.